J. Fuerst

Das peinliche Rechtsverfahren im jüdischen Alterthume

Antigonos

J. Fuerst

Das peinliche Rechtsverfahren im jüdischen Alterthume

Unveränderter Nachdruck der Originalausgabe von 1870.

1. Auflage 2024 | ISBN: 978-3-38613-939-7

Antigonos Verlag ist ein Imprint der Outlook Verlagsgesellschaft mbH.

Verlag: Outlook Verlag GmbH, Zeilweg 44, 60439 Frankfurt, Deutschland, info@outlook-verlag.de
Vertretungsberechtigt: E. Roepke, Zeilweg 44, 60439 Frankfurt, Deutschland
Druck: Libri Plureos GmbH, Friedensallee 273, 22763 Hamburg, Deutschland

Das peinliche Rechtsverfahren

im jüdischen Alterthume.

Das peinliche Rechtsverfahren

im

jüdischen Alterthume.

Ein Beitrag

zur

Entscheidung der Frage über Aufhebung der Todesstrafe

von

Dr. J. Fürst,
Rabbiner der israelitischen Cultusgemeinde Bayreuth.

Heidelberg.

Verlagsbuchhandlung von Fr. Bassermann.

1870.

Buchdruckerei von G. Otto in Darmſtadt.

Meinem lieben Vater und Lehrer

dem Großherzoglich Badischen Bezirksrabbiner

Salomon Fürst

in

Heidelberg,

Mitglied der Religionsconferenz des Großherzoglichen Oberraths der Israeliten

in

dankbarer Liebe und Verehrung

gewidmet.

Vorwort.

Herr Dr. Fürst hat mit richtigem Sinne erkannt, daß die Behandlung des peinlichen Rechts im jüdischen Alterthume als ein allseitig willkommener Beitrag zur Erledigung derjenigen Frage dienen könne, welche recht eigentlich aus dem Humanitäts=principe der Gegenwart herausgewachsen und deßhalb namentlich der historischen Unterstützung bedürftig ist, — der Abschaffung der Todesstrafe nemlich.

Obgleich im Allgemeinen die aus den canonischen Schriften des alten Testaments in dieser Frage maßgebenden Stellen und Anschauungen den Theologen und Juristen, unter welchen das pro und contra der Frage vorzugsweise besprochen wird, bekannt sind, so ist von ihnen doch die altjüdische Praxis im peinlichen Rechtsverfahren bisher in einem Grade außer Berücksichtigung gelassen worden, daß solche Vernachlässigung bedeutender historischer Momente nur aus unzureichender Kenntniß derselben zu er=klären ist.

Die Ueberraschung, im altjübischen Rechtsverfahren bereits Maximen gehandhabt zu sehen und bei den Rabbinen längst Theorien geläufig zu finden, deren Aufstellung Vielen wie eine grundstürzende Kühnheit und Neuerung erscheinen will und deren practische Application dennoch wenigstens theilweise der Geschichte angehört — diese Ueberraschung, welche Jedem bei der Lecture der Dr. Fürst'schen Abhandlung zu Theil wird, bildet gerade den Reiz dieses Schriftchens und den unzweifelhaftesten Nutzen desselben.

Es möchte daher mit der größten Bestimmtheit zu behaupten sein, daß die Dr. Fürst'sche Brochüre ebensowohl durch ihren Reichthum an historischem Materiale als durch das wissenschaftlich begründete, höchst interessante Ergebniß: „es verbiete die Bibel, in ihrem wahren Geiste und Zusammenhange aufgefaßt, die Beseitigung der Todesstrafe nicht nur nicht, sondern sie verurtheile die Beibehaltung derselben im gegenwärtigen Rechtsverfahren auf das Schärfste", von den zahllosen, bei dieser Frage interessirten Forschern willkommen geheißen und allseitig berücksichtigt werden müsse.

Bayreuth, am 14. Januar 1870.

Dr. Dittmar,
k. protest. Dekan und Stadtpfarrer.

Vorwort des Verfassers.

Die vorliegende Arbeit erschien zuerst im Jahre 1868 in Nr. 49, 50 des „Ausland" unter dem Titel: Die Humanitäts=idee im altjüdischen Strafverfahren. Wohlwollende Beurtheiler, darunter einige hochstehende, würdige und gelehrte Geistliche fanden, daß die Bekanntwerdung der darin behandelten Gegen=stände unter einem größeren, gebildeten Publikum wünschens=werth sei.

Ich entschloß mich daher, den Gegenstand erschöpfender zu behandeln, als der Raum einer wissenschaftlichen Zeitschrift zu=läßt, und habe namentlich dem letzten, pragmatischen Theil, eine ausführliche Behandlung gewidmet.

Möge diese Arbeit auch in weiteren Kreisen eine wohlwollende Aufnahme und Beurtheilung finden, und auf eine günstige Lösung der behandelten Frage nicht ohne fördernden Einfluß sein.

Bayreuth, im Januar 1870.

Inhaltsverzeichniß.

		Seite
	Einleitung	1
I.	Die Zusammensetzung des peinlichen Gerichtshofes	5
II.	Die Beweismittel	9
III.	Nachweis der Absicht des Thäters und der Durchführung derselben	21
IV.	Die gerichtliche Berathung	23
V.	Abstimmung	27
VI.	Revision des Urtheils	28
VII.	Folgerungen aus diesem Strafverfahren zur Beurtheilung über die Rechtmäßigkeit der Todesstrafe nach unseren heutigen Verhältnissen	33

Was einzelne Menschen oder ganze Völker Gutes und Treffliches geleistet, geht mit ihrem Leben nicht unter; sie haben für die Menschheit gearbeitet, für deren sittlichen, geistigen Fortschritt.

Wie der Schnee die junge Saat vor dem erstarrenden Winterfroste deckt, dann aber die Frühlingssonne den zarten Keimen ein fröhliches Auferstehen bereitet, daß sie reifen und Millionen Menschen nähren und erquicken; so mögen die Geistesarbeiten und Leistungen bedeutender Menschen und Völker oft einen Jahrhunderte langen Schlaf unter der schützenden Decke der Vergessenheit schlafen, sich zu wahren vor dem geistigen Frost; auch ihnen kommt eine mild belebende Frühlingssonne, und allmälig erquicken sich Tausende von Menschengeschlechtern an ihren zur Reife gebrachten Früchten.

Was das griechische Volk in kleinem Raume Bedeutendes geleistet in den Erzeugnissen des Denkens, wie des künstlerischen Schaffens, in den Verhältnissen der Bürger unter sich, wie zum Staate — es war Jahrhunderte lang aus dem Gedächtnisse der Folgezeit geschwunden, bis endlich die Humanisten die alten Classiker aus ihrem Grabe erweckten, wodurch denn deren wohlthätige Wirksamkeit in größeren Verhältnissen begann, Sitten und Anschauungen, staatliche und gesellschaftliche Verhältnisse einen bedeutenden Umschwung erlitten, der noch bis auf den heutigen Tag in seinen wohlthätigen Folgen fortwirkt.

Ich beabsichtige, die Aufmerksamkeit auf eine andere Leistung des Alterthums zu lenken, welche den rühmlichsten und ehrendsten Bestrebungen der Neuzeit begegnet. Das auszeichnendste, ehrenvollste Merkmal unsrer Zeit ist der Umstand, daß die Ergebnisse der Wissenschaft verallgemeinert werden, daß man dieselben zur materiellen und sittlichen Hebung des Volkes verwerthet.

Während nämlich die von der Religion gebotene Liebe und Gerechtigkeit gegen die Unglücklichen und vom Schicksale minder Begünstigten bisher vorzugsweise von Mensch zu Mensch, also in Privatverhältnissen geübt wurden, begnügt man sich jetzt damit nicht mehr, sondern hält sich auch für verpflichtet, mehr und mehr die Einrichtungen von Staat und Gesellschaft jenen Grundsätzen der Liebe und Gerechtigkeit gemäß zu gestalten. Daher die schon theilweise mit Erfolg gekrönten Bestrebungen nach Durchführung der Gleichheit des Rechtes für Alle, der Verbesserung des Gefängnißwesens, die versuchte Lösung der Armen- und Arbeiterfrage, die Verbesserung der peinlichen Rechtspflege, von der Abschaffung der Tortur, des geheimen Verfahrens und der qualificirten Todesstrafen bis zu dem schon vielfach durchgeführten Streben nach völliger Beseitigung der Todesstrafe.

Ich beabsichtige, ein verwandtes Gebiet zu betreten durch die Darstellung des peinlichen Rechtsverfahrens im jüdischen Alterthum, wie jenes uns im Talmud aufbehalten ist. Man wird bei vielfacher Verschiedenheit dieses Rechtsverfahrens von dem heutigen doch den Grundsätzen begegnen, welche die heutigen Gestaltungen im Rechtsgebiete beherrschen.

Die peinliche Rechtspflege im jüdischen Alterthum, auf dem Grunde der Bibel erwachsen und weiter entwickelt, zeigt uns die unbedingte Gleichheit aller Staatsbürger vor dem Gesetze, so daß, mit Ausnahme des in späterer Zeit gerichtlich nicht verantwortlichen Königs, der Vornehmste wie der Geringste, der Hohepriester wie der Miethknecht vor den gleichen Gerichten sich zu verantworten, und im Falle der Schuld die gleichen Strafen zu erleiden hatte. Selbst der Fremde ward nach denselben Gesetzen behandelt: „einerlei Recht sei euch, der Fremde, wie der Eingeborene; denn ich bin der Ewige, euer Gott" (3. B. M. 24, 22). Was aber insbesondere unsere Aufmerksamkeit auf sich zieht, das ist die gewissenhafte Sorge für den Schutz des Angeklagten gegen allfällige irrthümliche Verurtheilung. Eine Menge von Anordnungen der peinlichen Rechtspflege im jüdischen Staate haben in diesem Streben ihre Quelle.

Ich halte die Kenntniß dieser Rechtsverhältnisse noch aus einem besonderen Grunde für wichtig. In dem gegenwärtigen Kampfe um Beseitigung oder Beibehaltung der Todesstrafe haben sich viele humane und gewissenhafte Männer aus dem Grunde für die Beibehaltung derselben ausgesprochen, weil die Bibel die Beseitigung derselben verbiete. Die Kenntniß nun, wie die ausgebildete jüdische Rechtslehre dieses Wort der Schrift praktisch aufgefaßt hat, dürfte vielleicht einige Klärung in diesen Streit bringen.

Mancher Gegner der Beiseitigung der Todesstrafe möchte vielleicht in seiner Behauptung, daß die heilige Schrift die Aufhebung der Todesstrafe uns verbiete, etwas wankend werden, wenn er sich überzeugt, mit welcher Geistesfreiheit, wie entfernt von sklavischem Anklammern an den Buchstaben man in alter Zeit die Bibel auf staatliche Verhältnisse angewendet, wenn er

als Ergebniß der jüdischen Strafrechtspflege hört, daß man
den Gerichtshof einen blutigen nannte, welcher im
Laufe von sieben Jahren Ein Todesurtheil gefällt
hatte,[1] und daß man ein Todesurtheil höchstens Einmal in
siebzig Jahren für entschuldbar fand.[2]

Wir hätten also hier faktisch die Regel der Nichtanwendung
der Todesstrafe, und die Anwendung derselben nur als höchst
seltene Ausnahme. Und ungeachtet ihrer Anhänglichkeit an die
Bibel finden die Rabbinen Tryphon und Akiba auch Dies nicht
genug. „Wären wir Mitglieder eines peinlichen Gerichtshofes
gewesen, nie wäre ein Todesurtheil gefällt worden.“[3]

Denn man hielt sich durch das Gebot der Schrift auch ver=
pflichtet, die größte Sorgfalt eintreten zu lassen zur Verhütung
irrthümlicher Verurtheilungen. Das Leben auch des Verdächtigen
ist heilig.

Darum eröffnet die Schrift, um die Sitte der Blutrache
abzuschaffen (die so eingewurzelt war und ebenso als ein Gebot
der Ehre galt, wie bei den germanischen Völkern bis zum heuti=
gen Tage das Duell), dem Todtschläger oder Mörder die Flucht
in eine der Freistädte, von wo er erst an das Gericht abgeliefert
wurde, um zu entscheiden, ob es ein vorsätzlicher oder unvorsätz=
licher Mord gewesen; und ward im letzteren Falle vor dem Blut=
löser geschützt; und wurde so die Privatrache durch das gerichtliche
Urtheil verdrängt. Darum wird die zufällige Tödtung
oder Körperletzung einer Schwangeren durch das Aus=
fahren von zwei in Schlägerei begriffenen Männern nach dem
Rechtssprüchworte „Leben um Leben, Auge um Auge, Zahn um
Zahn“ u. s. w. mit einem nach der Verletzung wechselnden Wehr=

---

[1] Mischna Makkoth I, 9. [2] Daf. [3] Daf.

gelbe gebüßt. Aber für den vorsätzlichen Mörder durfte kein Lösegeld genommen werden, und sollte der Mörder selbst durch die Flucht nach dem Altare oder durch den Dienst an demselben als Priester keinen Schutz vor der Strafe des Mordes finden (2. B. M. Kap. 21, Bv. 13. 14; B. 22; 4. B. M. 35, 31).

Es soll nun das peinliche Verfahren nach jüdischer Rechts= lehre in seinen einzelnen Stadien dargestellt werden, nämlich: Die Zusammensetzung des Gerichtshofes, die Be= weismittel, die Erhebung der Absicht des Thäters und deren Durchführung, die gerichtliche Berathung, die Abstimmung, und endlich die Revision des verur= theilenden Erkenntnisses.

I.

Die Zusammensetzung des peinlichen Gerichtshofes.

Das Volk, als sittliche Persönlichkeit, bestraft die Verbrechen. Daraus ergibt sich die Pflicht, zu unterscheiden zwischen dem Ver= dächtigen, der des Verbrechens nicht überwiesen werden kann, und dem durch zwingende Beweise Ueberwiesenen. Es liegt nun in der menschlichen Natur, daß, wenn man ein Ziel mit Eifer ver= folgt, nicht nur der Verstand, sondern auch Phantasie und Gefühl diesem Ziele zusteuern, und daß die letzteren oft die Herrschaft über den ersteren erlangen und in sein Gebiet übergreifen, so daß Phantasie und Gefühl zu sehen glauben, was der Verstand allein und unbeirrt durch ihre Einflüsse nur als unwahr und halbwahr erkennen würde.

Der Untersuchungsrichter, der die Beweise für ein Ver=
brechen aus den ihm vorliegenden Spuren aufzusuchen hat, kann
mit bester Absicht und ohne seinen Willen in Versuchung kommen,
in dem Nichtauffinden genügender Ueberführungsgründe eine
Niederlage seiner Seits gegen den Angeschuldigten zu sehen, die
nicht sowohl in der Sache selbst, als in seinem Mangel an Ge=
schicklichkeit gelegen sei; und umgekehrt in dem Auffinden solcher
Ueberführungsgründe einen Sieg seines Scharffinnes über den
Angeschuldigten zu erkennen.

Es liegt nahe, daß, wenn man dieser Versuchung sich nicht
deutlich bewußt ist und sie bekämpft, die Wahrheit unwillkürlich
durch Uebereilung, Trugschlüsse und Leidenschaft getrübt wird.

Sind die Richter nicht Rechtsgelehrte, sondern aus allen
Berufszweigen gewählt, so ist der Mangel an juristischer Schulung,
sowie die Lebhaftigkeit des Gefühls und der Einbildungskraft
nicht minder ein Hinderniß der unbefangenen Urtheilsfindung.
Es werden dann die Beweise nicht immer nach ihrer inneren
Beweiskraft gewogen, sondern man nimmt Wahrscheinlichkeit oft=
mals für Wahrheit; man urtheilt oder ist in Gefahr zu urtheilen
nach dem Eindrucke, welchen eine Persönlichkeit oder die vorlie=
genden Umstände auf Herz und Phantasie üben.

Wie sich nun das jüdische Criminalrecht gegen diese Ge=
fahren zu wahren gesucht, zeigen uns zunächst die Normen über
die Zusammensetzung der peinlichen Gerichtshöfe. Es galten hier
folgende Vorschriften. Während in Civilsachen (zu welchen auch
Diebstahl, Betrug, Körperverletzung u. a. gehörten) Dreimänner=
gerichte genügten, und die Wahl der Richter mit Ausnahme der
Bescholtenen (gewerbsmäßiger Spieler, Wetter, Wucherer, sowie
der Verwandten einer Partei) eine unbeschränkte war; mußte jeder

peinliche Gerichtshof aus mindestens dreiundzwanzig rechtsgelehrten Richtern bestehen.

Die Nothwendigkeit der Anzahl von dreiundzwanzig Richtern ward von der jüdischen Rechtslehre in folgender Weise begründet. Weil nach dem Gebot der Schrift (4. B. M. 35. B. 24, 25) „die Gemeinde richten soll zwischen dem Todtschläger und „dem Blutlöser, und die Gemeinde den [unvorsätzlichen] Todt= „schläger retten soll von der Hand des Blutlösers"; so folgerte man, daß eine Gemeinde (zehn Mitglieder des Gerichtes[4]) vorhanden sein müsse, welche möglicher Weise alle belastenden Momente gegen den Angeklagten aufzufinden und hervorzuheben im Stande wäre; ebenso aber eine andere Gemeinde (zehn andere Richter), welche alle entlastenden Umstände möglicher Weise darlegen könnte, damit zur Fällung eines gerechten unparteiischen Urtheils alle Gründe für und wider zur Erwägung kommen, und kein bezüglicher Umstand unerörtert bleibe. Die drei übrigen Richter wurden hinzugefügt, um Stimmengleichheit zu vermeiden, und weil, wenn von jenen zwanzig die eine Hälfte für Schuldig, die andere für Nichtschuldig sprach, das Mehr Einer verurtheilen= den Stimme nicht entschied. Ein zahlreicheres Richtercollegium gibt allerdings größere Sicherheit für eine vollständige allseitige und gründliche Prüfung des Gegenstandes.

Ausgeschlossen als Mitglieder eines peinlichen Gerichtshofes waren, außer den, wie oben erwähnt, zum Amte eines Civil= richters Unfähigen, worunter auch Verwandte des Angeklagten oder eines der Richter, persönliche Freunde oder Feinde des An= geklagten oder eines der Richter, außerdem noch diejenigen, welche

---

[4] Eine Gemeinde oder gottesdienstliche Versammlung ist erst vorhanden durch die Anwesenheit von zehn erwachsenen männlichen Personen.

nicht die gangbaren lebenden Sprachen verstanden, damit nicht durch eine Dolmetschung die feinen Verschiedenheiten und Eigenthümlichkeiten einer Sprache verwischt würden, welche oft eine Modification der Bedeutung begründen, und damit nicht die Richter vom Dollmetscher abhängen.

Ferner sollte nicht Mitglied eines peinlichen Gerichtshofes sein ein Kinderloser, „der die Schmerzen und Mühen der Kindererziehung nicht kennen gelernt", weil man annahm, daß in der Regel nur wer das Vatergefühl kennt, im höchsten Maße bestrebt und im Stande sei, die verborgenen psychologischen Vorgänge in der Seele aufzufinden, welche eine Minderung der Schuld begründen.

In gleicher Weise war ein mit körperlichen Gebrechen Behafteter unfähig zu solchem Amte, weil körperliche Gebrechen bei den damit Behafteten vielfach eine Verbitterung des Gemüths erzeugen, welche dem Angeklagten ungünstig ist.

Die Richter waren hier, wie auch bei den Civilgerichten, unbesoldet, da die Rechtskunde (ein Theil der Religionswissenschaft) nicht als Erwerb betrieben ward, sondern auch von Männern, welche Landbau, Viehzucht, Gewerbe u. s. w. zu ihrem Nahrungszweige gewählt hatten. Die Gerichtsverhandlungen waren öffentlich.

Es ergibt sich aus allen diesen Bestimmungen über die Bildung des Gerichtshofes und über die Befähigung zum Richteramte, daß dem Angeklagten möglichst große Sicherheit gegen eine irrthümliche Verurtheilung gegeben werden sollte, und daß man Angeklagte, deren Schuld nicht ganz unwidersprechlich bewiesen war, lieber von der Todesstrafe freisprach, als daß man sich der Gefahr aussetzte, Unschuldige, wenn der Schein und die moralische Ueberzeugung gegen sie sprach, zu verurtheilen. Deßhalb Oeffentlichkeit der Gerichte, unbesoldete Richter, und zwar rechtsgelehrte,

welche in ihrer Urtheilsfindung an die strengen Regeln des juridischen Beweises gebunden, selbst bei der höchsten Wahrscheinlichkeit und der festen moralischen Ueberzeugung von der Schuld des
Angeklagten diesen Eindrücken keinen Einfluß auf ihr Urtheil ge-
statten durften, welche ferner im Stande sind, in dem scheinbar
auf's Engste zusammenhängenden Beweisnetze auch die geringste Lücke zu entdecken, wodurch das ganze Beweisnetz auf-
gelöst wird, welche Lücke ein Nichtjurist nicht so leicht zu entdecken vermag.

II.

Die Beweismittel.

Die Aufgabe des Richteramtes ist, durch Bestrafung des
wirklich Schuldigen der Idee der Sittlichkeit und der Sicherheit
der Gesellschaft Genüge zu leisten, nicht minder aber dem schuldlos Angeklagten oder dem weniger Schuldigen seinen Schutz zu
gewähren. Nur indem man diese beiden Seiten der Aufgabe berücksichtigt, kann die Idee der Gerechtigkeit befriedigt werden.
Es ist daher von besonderer Wichtigkeit, in welcher Weise man
den Nachweis der Schuld für hergestellt erklärt. Offenbar würde
jene Beweistheorie die richtigste sein, welche die sicherste Gewähr
gäbe für die Ueberführung jedes wirklich Schuldigen, gegen das
Durchschlüpfen des schlauen Verbrechers, wie gegen die Möglichkeit irrthümlicher Verurtheilungen Unschuldiger.

Da aber dieses Ideal nur schwer oder fast unmöglich in allen Fällen zu erreichen ist, so muß das Hauptaugenmerk der Gesetzgebung dahin gerichtet werden, auf Vorsichtsmaßregeln zu sinnen, welche dem mehr oder weniger schuldlos Angeklagten Sicherheit bieten, welche Vorsichtsmaßregeln dann freilich auch dem gewandten Verbrecher zu Gute kommen, so daß mancher wirklich Schuldige aus Mangel hinlänglichen Beweises straflos ausgeht. Aber der alte Satz behält dennoch seine Wahrheit, daß es besser ist, wenn wegen mangelhaften Beweises hundert Schuldige straflos bleiben, als daß Ein Unschuldiger verurtheilt werde.

Um nun die Schuld oder Schuldlosigkeit zu ermitteln, gibt es verschiedene Wege. Im germanischen Alterthume waren es die Eideshelfer, welche ihre Ueberzeugung von der Schuld oder Unschuld des Angeklagten erhärteten. Diese Art des Beweises leidet an dem Gebrechen, daß die Eideshelfer eben nicht sichere Thatsachen angeben, auf deren Grund sie ihre Ueberzeugung sich gebildet. Es ist, wie in den sogenannten Gottesurtheilen dem Zufall zu Viel überlassen, und die Sicherheit des Schuldlosen die allergeringste. Diese Art des Beweises ist ein Zeichen ganz primitiver Bildungszustände.

Eine größere Beweiskraft liegt schon in den Indicien, den vorausgehenden, begleitenden oder nachfolgenden Umständen der That. Allein wie oft sie auch Aufklärungen über That und Thäter geben können, oder Wahrscheinlichkeit bieten; sehr häufig können sie irre führen, indem sie oft verschiedene Erklärungsweisen zulassen, aus welchen der Richter nur eine, und nicht immer die richtige herausnimmt, so daß hier der Muthmaßung ein weiter Spielraum bleibt, welcher nicht immer dem wirklich Schuldlosen den nöthigen Schutz verleiht, wie aus einem weiter unten angeführten Beispiele zu ersehen.

Im gemeinen deutschen Rechte forderte man bei todeswürdigen Verbrechen als Bedingung der vollen Strafe das Geständniß des Angeklagten. Man ging von der Voraussetzung aus, daß Indicien keine volle Gewißheit geben und daß Niemand sich freiwillig fälschlich zu einem Verbrechen bekennen werde. Allein abgesehen davon, daß hiermit eine Ermuthigung zum Läugnen gegeben ist, und der reumüthige Verbrecher sich im Nachtheil befindet; so kann es doch vorkommen, und ist vorgekommen, daß Leute sich fälschlich eines Verbrechens angeklagt. Hierzu tritt noch der Uebelstand, daß ein Richter im leidenschaftlichen Eifer in Versuchung kommen kann, ein Geständniß zu erzwingen; wie denn endlich sogar die Folter Jahrhunderte lang als gesetzliches Mittel zur Erzwingung von Geständnissen bestand.

Der sicherste Weg zur Ermittelung der Wahrheit ist natürlich auch der schwierigste, die Aussage zweier Zeugen. Es können wohl auch hier falsche Zeugnisse vorkommen, wogegen man sich aber mehr oder weniger schützen kann. Und selbst die auf Grund falscher Zeugenaussagen gefällte Verurtheilung eines Unschuldigen belastet den Gerichtshof weniger, als eine auf Indicien oder Geständniß erfolgte irrthümliche Verurtheilung eines Unschuldigen.

Das jüdische Recht nahm den Zeugenbeweis als einzig giltige Beweisquelle. Und wie in den Vorschriften über die Zusammensetzung des Gerichtshofes, so gibt sich auch in den Vorschriften über die Beweismittel das gleiche Bestreben kund, dem Angeschuldigten den möglichsten Schutz gegen irrthümliche Verurtheilung zu bieten.

Als Beweis galt nämlich nur die vollständig übereinstimmende Aussage von zwei männlichen volljährigen unbescholtenen Zeugen. „Auf die Aussage zweier Zeugen oder dreier Zeugen soll der des „Todes Schuldige getödtet werden; er soll nicht getödtet werden

„auf die Aussage Eines Zeugen" (4. B. M. 34, 30; 5. B. M. 17, 6; 19, 15).

Eine historische Bestätigung dieser Rechtsregel gibt uns die Geschichte des ephraimitischen Königs Ahab, welcher den Naboth nicht durch Cabinetsjustiz oder auf sonstige Weise an Leben oder Vermögen schädigen konnte. Selbst in diesen verderbten Zeiten, unter diesem götzendienerischen Könige war das Bewußtsein der Rechtssicherheit der Bürger ein so starkes, und die Unabhängigkeit der Justiz so gesichert, daß Naboth dem Könige ungescheut den Verkauf seines Weinberges weigern konnte, und daß der König, um sein Vorhaben durchzusetzen, zu dem niedrigen, entehrenden Mittel greifen mußte, zwei falsche Zeugen zu dingen, welche den Naboth wegen Majestätsbeleidigung anklagten.

Als Zeugen wurden nicht zugelassen und nicht gehört Verwandte des Angeklagten bis zum dritten Grade. Es beruht Dies auf dem Schriftworte 5. B. M. 24, 16: „Es sollen die „Väter nicht wegen der Kinder, noch Kinder wegen ihrer Väter „getödtet werden; Jeder soll für seine eigene Sünde getödtet „(d. h. gestraft) werden". Aus dem letzten Satztheile folgerte man das Verbot, die Kinder für die Verbrechen der Väter oder umgekehrt mit zu strafen, worunter auch das Verbot der Gütereinziehung der Verbrecher.[5]

So lesen wir auch 2. B. Könige 14, 6 und 2. B. Chron. 25, 4, daß der König Amazia von Juda die Mörder seines Vaters Joas hinrichten ließ; „aber die Söhne der Mörder ließ

---

[5] Talmud Sanhedrin, 48 b. Ahab hatte sich durch Einziehung von Naboths Weinberg über dies Verbot der Gütereinziehung hinweggesetzt; oder es scheint, daß man erst in späterer Zeit das Verbot der Gütereinziehung aus jenen Gesetzesworten folgerte, und die Rechtsentwicklung damals noch nicht so weit gediehen war, welche überhaupt erst nach der Rückkehr aus dem Exil einen kräftigen Aufschwung nahm.

„er nicht hinrichten, wie geschrieben im Buch der Lehre Moscheh's, „daß der Ewige befohlen: es sollen die Väter u. s. w." Aus dem ersten Theil des Gebotes folgerte man, daß Väter und Kinder und in Folge dieses Grundsatzes auch sämmtliche Verwandte kein giltiges Zeugniß gegen einander ablegen können. [6]

Bei uns ist es in manchen Gesetzgebungen den Verwandten freigestellt, sich der Zeugschaft zu entschlagen, oder wo sie zur Zeugschaft verpflichtet sind, werden sie nicht beeidigt. Dann hängt aber das Gewicht ihrer Aussage von dem Eindrucke ab, welchen dieselbe auf das Gemüth der Geschworenen übt, und ihre Aussage dient oft dazu, einen mangelhaften Beweis zu vervollständigen.

Aus dem Grundsatze, daß Verwandte des Angeklagten nicht als Zeugen gehört werden durften, floß die fernere Rechtsregel, daß das Geständniß des Angeklagten von keiner rechtlichen Wirkung war, und weder für sich, noch als Ergänzung mangelhafter Beweise irgend eine beweiskräftige Geltung erhielt.

Sogar wenn sich Jemand selbst bei Gericht eines Verbrechens angeklagt hatte, konnte ohne zwei Thatzeugen nicht gegen ihn verfahren werden. Denn, sagte man, „Jeder ist sich selbst am nächsten verwandt", kann sich also nicht selbst belasten. [7] Es sind ja Fälle vorgekommen, daß Menschen, um im Zuchthaus ernährt zu werden, oder aus Lebensüberdruß sich zu Verbrechen bekannten, welche sie, wie sich später auswies, gar nicht begangen hatten. [8] Etwas Aehnliches findet im englischen Recht Statt, wo

---

[6] D f. 27, b. [7] Daf. 25, a; 9, a.

[8] Dr. John in f. Abhandlg. „Ueber die Todesstrafe" in Virchows und Holtzendorffs Samml. gemeinverständl. wissensch. Vortr. (Serie II Heft 36) S. 6 berichtet von einem Fall, wo vor dem k. preuß. Kreisgericht zu Glatz im J. 1849 ein wegen mehrerer Diebstähle in Untersuchung befindliches Individuum aus freien Stücken, und wie er sagte, um sein Gewissen zu erleichtern, sich eines Statt gefundenen Mordes und zweier Brandstiftungen anklagte. Vor das

der Angeklagte jede Antwort, die ihn belasten könnte, verweigern darf.

Erst nach erfolgter Verurtheilung ermahnte man den Verurtheilten, Gott die Ehre zu geben, und um seines Seelenheiles willen ein reuiges Bekenntniß abzulegen, indem ein reuiges Geständniß bewirke, daß das Verbrechen durch die richterliche Strafe gesühnt werde, und ein solches Bekenntniß der Wahrheit ihm die ewige Seligkeit sichere.

Durch diese rechtliche Unwirksamkeit des Geständnisses entfiel von selbst die Versuchung, durch moralische oder physische Folter Geständnisse zu erzwingen, Jahrhunderte lang eine betrübende Quelle unsäglich vieler Justizmorde. Die Aussage mußte von den Zeugen p e r s ö n l i c h, m ü n d l i c h, v o r d e m G e r i c h t s h o f e abgelegt werden. A u ß e r g e r i c h t l i c h e oder auch s c h r i f t l i c h e Zeugenaussagen waren ungiltig.

Sklaven, welche nach römischem Recht zur Zeugschaft befähigt waren, aber auch gefoltert werden durften, um eine Aussage zu erzwingen, wie man sie wünschte, waren nach jüdischem Rechte

---

Schwurgericht verwiesen, sprachen ihn die Geschworenen dieser drei Verbrechen für schuldig, und der Schwurgerichtshof sprach das Todesurtheil. Erst nachdem das Urtheil dem Könige zur Bestätigung unterbreitet worden war, ergab sich, daß der Verurtheilte an keinem einzigen der drei Verbrechen auch nur betheiligt war. Weitere Erhebungen des Gerichtes ergaben, daß er an dem Tage, wo die drei Verbrechen begangen worden, an einem entfernten Orte in Haft gewesen. Als Motiv seiner falschen Geständnisse gab er die Furcht an, wegen der von ihm begangenen Diebstähle zur Zuchthausstrafe verurtheilt zu werden, welcher er durch jene Selbstanklage in Folge der darauf stehenden Todesstrafe zu entgehen gehofft. Da gegen das schwurgerichtliche Urtheil kein anderes Rechtsmittel möglich war, so ward er begnadigt für drei Verbrechen, welche er erwiesener Maßen nicht begangen hatte. Wir werden weiter sehen, daß im jüdischen Rechte eine Revision des verurtheilenden Erkenntnisses vor Vollstreckung desselben eintreten mußte, wenn gewichtige Momente hierfür nach gefälltem Urtheile vorgebracht wurden.

unfähig, Zeugniß abzulegen. Denn es konnte der Sklave aus Zuneigung oder aus Rache zum Vortheile oder Nachtheile seines Herrn, oder Dessen, für welchen sein Herr günstig oder feindlich gesinnt war, aussagen. Ebenso wenig waren Indicien im Stande, ein Zeugniß zu ersetzen oder zu vervollständigen.

Ehe die Zeugenaussage erfolgte, richtete der Vorsitzende eine Vermahnung an die Zeugen, in welcher er ihnen die schwere Verantwortlichkeit an's Herz legte, mit welcher sie durch ein falsches Zeugniß zum Nachtheile des Angeklagten ihr Gewissen belasten würden, und ihnen vorhielt, daß, wer den Tod eines einzigen Menschen unrechtmäßiger Weise veranlasse, so schuldig sei, als ob er eine ganze Welt vernichte, daß aber anderseits wer ein Zeugniß des Verbrechens geben könne, und es unterlasse, eine Sünde auf sich lade, und daß jede Unterdrückung der Wahrheit oder jede Verschweigung aus Schonung für den Angeklagten eine Pflichtverletzung sei. Er stellte ihnen vor, daß nach abgelegter Zeugenaussage ein strenges Verhör mit jedem Einzelnen von ihnen in Abwesenheit der Anderen vorgenommen werde, daß ferner eine Zurücknahme der gemachten Aussage in irgend einem Punkte von keiner rechtlichen Wirkung sein würde, daß sie daher mit der größten Gewissenhaftigkeit und Genauigkeit ihre Aussagen machen müßten. Es ward ihnen ferner bedeutet, daß sie nur Selbstgesehenes bezeugen dürften, nicht aber, was sie aus dem Munde Anderer gehört; daß sie ebenso wenig Muthmaßungen aus vorhergehenden oder nachfolgenden Umständen als Thatsachen ausgeben dürften.

Hatten nämlich die Zeugen die vorhergehenden und nachfolgenden Umstände gesehen, das Verbrechen selbst aber nicht beobachtet, sondern es nur aus jenen Umständen gemuthmaßt; so war der Beweis der That nicht erbracht. So erzählt Simon ben

Schetach, der Schwager des Königs Alexander Jannäus (reg. 106—79 v. Chr.), daß er mit noch einem Zeugen einen Mann mit gezogenem Schwerte einen Anderen bis in eine Höhle hinein verfolgen gesehen; daß, als sie an die Höhle gekommen, sie den Verfolger mit blutigem Schwerte wieder heraustreten sahen, und den Verfolgten in der Höhle in seinem Blute liegend erblickten. „Elender, sprach hierauf Simon ben Schetach zu dem Verfolger, entweder wir sind die Mörder dieses Mannes, oder du. Aber was ist zu thun? Da wir die That selbst nicht gesehen haben, können wir kein Zeugniß gegen dich ablegen. Aber der allwissende und allgerechte Richter wird, was menschliche Richter nicht be= strafen können, an dem Mörder ahnden." Eine solche Muth= maßung, solche Indicien hatten noch keine Beweiskraft. Es konnte ja der Fall sein, daß der Verfolger den Anderen nicht in mörde= rischer Absicht verfolgt hatte, sondern nur mit der Absicht, ihm gewaltsam etwas zu entreißen, und weil dann der Verfolgte in der Abwehr das Leben des Verfolgers bedroht hatte, dieser in der Nothwehr oder ohne tödtliche Absicht dem Verfolgten die tödtliche Wunde beigebracht hatte.

Eine große Sicherheit gegen falsche Zeugenaussagen zum Nachtheile des Angeklagten lag ferner in der Gesetzesvorschrift, daß im Falle der Verurtheilung zum Tode die Zeugen selbst die Todesstrafe vollziehen mußten. Es lag in dieser Vorschrift die Forderung, daß man den Muth haben müsse, für die Wahrheit der Aussage die Probe zu bestehen. Und zugleich ward die Ge= wissenhaftigkeit der Zeugen um ein Bedeutendes geschärft durch die Erwägung, daß sie im Falle eines wahrheitswidrigen Zeug= nisses zum Nachtheile des Angeklagten, unmittelbar und mit eigener Hand einen Mord an demselben begehen würden. Es hatte dieß außerdem den Vortheil, daß das verabscheute und seit

alten Zeiten als infam geltende Gewerbe des Nachrichters un=
nöthig ward.

Nach der Vermahnung wurden die Zeugen aufgefordert, ihre
Aussagen zu machen. Alsdann ward Jeder der Zeugen abge=
sondert einem Verhör unterworfen. Es wurden an Jeden der=
selben sieben Hauptfragen gerichtet und so viele andere
Fragen, als die Richter für nöthig hielten zur Herstellung und
Erprobung der Wahrheit.

Die sieben Hauptfragen waren: in welcher Sabbathjahr=
periode, im wie vielten Jahr der Sabbathjahrperiode, in welchem
Monat, am wie vielten Tage des Monats, an welchem Wochen=
tage, in welcher Stunde und an welchem Orte die That verübt
worden sei.

Wenn die beiden Zeugen die That von verschiedenen Orten
aus gesehen hatten, so daß sie sich gegenseitig nicht hatten sehen
können, so galt das Zeugniß nicht als vollständiger Beweis, wenn
nicht ein Dritter hinzu kam, welcher die beiden oder einen der
beiden anderen Zeugen im Augenblick der That gesehen hatte,
und von einem derselben gesehen ward, und ebenfalls überein=
stimmend die That bezeugte. Die Zeugen mußten den Thäter
verwarnt, und mit der Strafe des Verbrechens bekannt gemacht
haben.

Wenn in einer der genannten sieben Hauptfragen einer der
Zeugen sich auf Nichtwissen berief, mochten auch noch so viele
andere Zeugen in Allem vollständige und übereinstimmende Aus=
sagen gemacht haben; so war das ganze Zeugniß sämmtlicher
Zeugen hinfällig, soferne nicht nachher andere Zeugen vollständige,
umfassende und übereinstimmende Aussagen machten. Es beruht
dies auf nachfolgendem Grunde.

Es war nämlich biblische Vorschrift, daß wenn die That=
zeugen durch andere Zeugen einer verleumberischen Aussage über=
wiesen waren, sie alsdann die Strafe des Verbrechens erleiden
mußten, dessen sie den Angeklagten fälschlich beschuldigt hatten
(5. B. M. 19, 16). Diese Strafe traf aber nach jüdischer Rechts=
lehre die falschen Zeugen nur dann, wenn die Thatzeugen, und
zwar sämmtliche Thatzeugen durch andere Zeugen überwiesen
wurden, daß sie zu der von ihnen angegebenen Zeit gar nicht
am Orte der That hatten sein können, dergestalt, daß Zeugen
gegen sie aussagten: in derselben Zeit, wo ihr an jenem
Orte das Verbrechen gesehen haben wollet, seid ihr bei uns,
an einem ganz anderen Orte, gewesen. Ferner war zur Auf=
legung dieser Strafe des falschen Zengnisses noch erforderlich,
daß dieser Nachweis des falschen Zeugnisses nach der Fällung
und vor Vollstreckung des auf das falsche Zeugniß gegrün=
deten Urtheiles erfolgt war.

Wenn nun in einer dieser sieben Hauptfragen auch nur Ein
Zeuge sich auf Nichtwissen berufen hatte, so konnte natürlich nicht
sämmtlichen Zeugen die Nichtanwesenheit am Orte des an=
geblich begangenen Verbrechens zu der angegebenen Zeit nachge=
wiesen werden, und die übrigen überwiesenen falschen Zeugen
traf nur die Strafe der 39 Geißelhiebe. Es konnte also durch
ein vorgeschütztes Nichtwissen in einer jener sieben Hauptfragen
ein falscher Zeuge sich und seine Genossen vor jener Strafe des
verläumberischen Zeugnisses schützen. Eben deßhalb mußte aber
dann sein Zeugniß und das seiner Genossen in diesem Falle für
den Angeklagten unschädlich gemacht werden; es war ungiltig,
selbst wenn der Zeugen noch so viele waren, welche eine bestimmte,
vollständige und umfassende Aussage gemacht hatten.

Nichtübereinstimmung in einer dieser sieben Hauptfragen oder in den anderen Fragen, z. B. welche Kleider, welche Waffen u. s. w. der Angeklagte gehabt habe, begründete ebenfalls die Ungiltigkeit des ganzen Zeugnisses, während ein behauptetes Nichtwissen in einer der Nebenfragen Seitens eines oder aller Zeugen keine Ungiltigkeit begründete. So soll nach der apokryphischen Erzählung „Daniel und Susanna" Daniel als Richter die bereits verurtheilte Susanna gerettet haben, indem er Jeden der beiden Zeugen, welche die Susanna eines Ehebruches, in ihrem Parke begangen, beschuldigt hatten, nach einer genaueren Ortsbestimmung gefragt, nämlich unter welchem Baume des Parkes die That verübt worden sei. Und als der Eine einen Mastixbaum genannt, und der Andere, der von der Aussage seines Genossen nichts wußte, eine Eiche als Ort der That angegeben, seien sie als falsche Zeugen entlarvt worden. Der Talmud schreibt eine solche Entlarvung falscher Zeugen dem jungen später hochberühmten Ben Sakkai zu. Nachdem nämlich bemerkt worden, je mehr Nebenumstände man erfrage, um so leichter ermittle man die Wahrheit, wird mitgetheilt, daß Ben Sakkai einst die Wahrheit durch Fragen nach den Stielen der Feigen an den Tag gebracht habe.[9] So die Mischna;

---

[9] Aus der knappen Fassung der Erzählung in der Mischna ist zu ersehen, daß auf eine wohlbekannte Thatsache angespielt wird, die sich lange in der Erinnerung des Volkes erhalten hatte. Und diese Thatsache scheint auch den Stoff zu „Daniel und Susanna" gegeben zu haben, welche Erzählung, wie die apokryphischen Zusätze zu Ester, zu Esra u. A. den Zweck hat, den Helden zu verherrlichen und ihm übermenschliche Weisheit zuzuschreiben. Um das Wortspiel zwischen $\sigma\chi\tilde{\iota}\nu o\varsigma$ und $\sigma\chi\dot{\iota}\zeta\epsilon\iota\nu$ herzustellen, welches nur im Griechischen möglich ist, mußte aus dem Feigenbaum der Mischna ein Mastixbaum und nach dem anderen Zeugen eine Steineiche gemacht werden. Immerhin zeigt uns dieses, wenn auch sehr spät und auf einem der genaueren Kenntniß der jüdischen Rechtsentwickelung schwer zugänglichen Boden verfaßte Büchlein in den einzelnen Reminiscenzen, wie hier bei der Nichtübereinstimmung der Zeugen in Nebenumständen, und bei der Kenntniß der Revision des Processes,

die Gemara, die Frage discutirend, ob Nichtübereinstimmung in den Nebenumständen das Zeugniß ungiltig mache, bringt als Beweis eine alte Nachricht und zwar in ausführlicherer Weise als die Mischna, daß Ben Sakkai zwei Männer, die einen Mord, unter einem Feigenbaum begangen, bezeugt hatten, gefragt habe, ob die Stiele der Feigen dick oder dünn gewesen seien, und daß er aus der verschiedenen Beantwortung der beiden, getrennt von einander verhörten Zeugen, die Ungiltigkeit des Zeugnisses erwiesen habe.

Wenn in Angabe des Monatstages die Zeugenaussagen um einen Tag verschieden lauteten, so lag darin nicht immer ein das Zeugniß ungiltig machender Widerspruch. Denn es konnte daher rühren, daß der eine der Zeugen geglaubt, der vorhergehende Monat habe neunundzwanzig Tage gehabt, und nicht dreißig, oder umgekehrt. Dies ward aber nur dann vermuthet, wenn die That vor dem fünfzehnten des Monats geschehen sein sollte. Denn bis zur Hälfte des Monats konnte Jeder hinreichend über den richtigen Monatsanfang unterrichtet sein.

Hatte einer der Zeugen die vierte Stunde von Sonnenaufgang als Stunde der Verübung des Verbrechens angegeben, und ein andrer die fünfte; so galt dies nicht unter allen Umständen als ein Widerspruch, denn ein solcher Irrthum in der Zeitmessung war leicht möglich.

Hatte aber einer der Zeugen die fünfte, und der Andre die siebente Stunde nach Sonnenaufgang als Stunde der That angegeben, so war das Zeugniß ungiltig. Denn in der fünften Stunde sieht Jeder, daß die Sonne noch im Osten ist, während sie in der siebenten Stunde über den Scheitelpunkt hinaus schon

---

ohne es zu wollen, historische Beweise dieser Rechtsvorschriften, wenn auch Vieles in dieser Darstellung verworren und undeutlich ist.

im Westen ist. Es konnte also kein bloßer Irrthum in der Zeit=
messung sein.

Wurden die Thatzeugen durch andere Zeugen bezichtigt, daß
sie zu der angegebenen Stunde der That an einem anderen Orte
gewesen, so ward erwogen, ob bei der Entfernung der beiden
Orte die Zeugen innerhalb der angegebenen Zeit an beiden
Orten hatten sein können.

III.

Nachweis der Absicht des Thäters und der Durch=
führung derselben.

War durch die Zeugenvernehmung die Thatsache festgestellt,
so war noch der Nachweis erforderlich, daß der Thäter die be=
stimmte verbrecherische Absicht gehabt habe, und daß
dieselbe ohne Zuhilfe andrer Umstände, für sich selbst
schon, durchgeführt worden sei.

Denn die rechtliche Schätzung einer That erwächst aus dem
Zusammenfluß von Absicht und Erfolg. Ein Mordversuch, der
ohne Schuld des Thäters mißlungen ist, ist zwar sittlich, nicht
aber rechtlich dem Morde gleich zu achten.

Umgekehrt, wenn ein Verwundungsversuch das Leben des
Beschädigten weggerafft, ohne daß die Absicht des Thäters weiter
als auf Verwundung gegangen war, so kann dies nicht einmal
in sittlichem, viel weniger in rechtlichem Betrachte dem Morde
gleich geachtet werden.

Es mußte demzufolge nach jüdischem Rechte, wenn ein Todes=urtheil zulässig sein sollte, bei dem Thäter die Absicht obge=waltet haben, dieses bestimmte Verbrechen zu begehen, und dasselbe auch einzig und allein durch seine That und Ab=sicht, ohne Beihülfe andrer Umstände erfolgt sein.

Hatte der Thäter z. B. die Absicht gehabt, einen mörde=rischen Schlag oder Stoß u. s. w. auf einen Körpertheil zu richten, wo bei der Größe und Heftigkeit des Schlages die Wunde unter allen Umständen tödtlich gewesen wäre, er traf aber einen anderen Körpertheil, wo die Verwundung nur durch das Zu=sammentreffen der Umstände, z. B. weil es ein kranker Körper=theil war, den Tod herbeiführte, oder weil die Heilmittel fehlten, so war dies eine Körperverletzung, welche den Tod herbeigeführt hatte, und ward auch nur als solche bestraft.

Oder es hatte der Thäter die Absicht gehabt, einen Körper=theil zu treffen, wo der Schlag nicht tödtlich gewesen wäre; er hatte aber einen Körpertheil getroffen, wo der Schlag oder Schuß unmittelbar den Tod herbeigeführt hatte, so lag hier gleichfalls nur das Verbrechen der Körperverletzung mit nachgefolgtem Tode vor, weil er nicht auf den tödtlichen Körpertheil gezielt hatte, wenn er gleich eine tödtliche Absicht gehabt haben mochte.

Ebenso wenn der Thäter den Tod nur veranlaßt hatte, nicht aber die unmittelbare Ursache dazu gewesen war, z. B. wenn er Jemanden in's Wasser geworfen hatte, daß er starb, Derselbe hätte sich aber durch Schwimmen oder auf ein Schiff retten können, so war dies mittelbare Tödtung, ward aber nicht als Mord mit dem Tode bestraft. Ebenso, wenn er einen Hund oder eine Schlange gegen Jemand gehetzt hatte, daß er durch den Biß starb.

Wenn er aber einen sogar schon im Wasser Befindlichen hinunter gedrückt hatte, so daß er ertrank, so war dies ein un= mittelbarer Mord, weil das Hinunterdrücken die unmittel= bare Ursache zu seinem Tode gewesen war.

Hatte Jemand in mörderischer Absicht einen Pfeil oder Stein gegen einen Anderen geschleudert, welcher durch einen Schild ge= deckt war; Dieser hatte aber als der Pfeil schon abgeschnellt war, aber sein Ziel noch nicht erreicht hatte, den Schild abgelegt, so daß der Pfeil ihn traf und tödtete; so lag hier wiederum nur das Verbrechen der Körperverletzung mit nachgefolgtem Tode vor, weil im Augenblicke, wo der Pfeil losgedrückt ward, die tödtliche Absicht unmöglich zu erreichen war.

Ebenso wenn der Pfeil nur dadurch eine tödtliche Stelle traf, daß der Angegriffene nach dem Abschnellen des Pfeils eine Körperbewegung gemacht hatte.

Denn das Verhältniß zwischen Absicht und deren unmittel= barem Erfolg mußte nicht nur dem Urtheil über die Schuld im Allgemeinen, sondern auch der dadurch vergrößerten oder gemin= derten Schuldbarkeit zu Grunde liegen.

IV.

Die gerichtliche Berathung.

Liegt das gesammte Beweismaterial geprüft und gesichtet vor, so ist es die Pflicht des Gerichtshofes, eine möglichst unbefangene, die Schwäche und Stärke der Gründe für und gegen den Ange=

klagten ernſt abwägende Würdigung des Beweismaterials vor-
zunehmen. Alle Umſtände, welche die Unbefangenheit der
Meinungsäußerung beeinträchtigen können, müſſen fern gehalten
werden.

Je ausgedehnter ferner die Befugniß iſt, die für den Angeklagten geltenden Gründe hervorzuheben, um ſo mehr wird
das Verfahren der Gerechtigkeit entſprechen, der Unſchuldige ge-
ſchützt ſein, und die Ausſprüche des Gerichtshofes ſelbſt an
Heiligkeit und Ehrfurcht gewinnen, indem Jedermann den Schutz
des Unſchuldigen ebenſowohl wie die unentwegt gewiſſenhafte
Strafgewalt in dem Gerichtshofe ehren wird.

Aus dieſen Grundſätzen erfloſſen die folgenden Vorſchriften
für die gerichtliche Berathung.

Der Vorſitzende rief das jüngſte Mitglied des Gerichtshofes
zuerſt auf, ſeine Meinung zu äußern, und ſo fort bis zum
älteſten Mitgliede, damit nicht die Scheu vor hervorragenden
berühmten Perſönlichkeiten die jüngeren Mitglieder einſchüchtere,
und ſie abhalte, widerſprechende Anſchauungen und Gründe vorzutragen.

Damit aber die größere oder geringere Schuldloſigkeit einen
erhöhten Schutz erhalte, und um die Mitglieder anzueifern, mit
aller Mühe die Gründe zum Schutze der relativen Unſchuld auf-
zuſuchen, galt die Vorſchrift, daß während der Sitzung diejenigen
Mitglieder, welche zur Vertheidigung oder Entlaſtung des
Angeklagten geſprochen hatten, nicht wieder das Wort ergreifen
durften, um die belaſtenden Momente hervorzuheben. Umgekehrt aber durfte das Mitglied, welches die belaſtenden
Momente hervorgehoben und für Verurtheilung geſprochen hatte,
auch für die Minderung der Schuld des Angeklagten, überhaupt
zu deſſen Entlaſtung oder Vertheidigung ſprechen.

Damit aber wo möglich alle Momente für Minderung oder Aufhebung der Schuld zur Sprache kämen, durften bei der gerichtlichen Berathung nicht allein die Mitglieder des Gerichtshofes sprechen. Vielmehr saßen rings um die im Halbkreis sitzenden Richter noch drei Reihen von je dreiundzwanzig Rechtsgelehrten (Rechtsjünger nennt sie der Talmud).

Von diesen Rechtsjüngern, die je nach Alter und Kenntnissen die Reihenfolge ihrer Sitze einnahmen, durfte Jeder verlangen, bei der Berathung gehört zu werden, jedoch nur, wenn er zur Vertheidigung oder Entlastung sprechen wollte. Dieselben wurden aber nicht zur Meinungsäußerung zugelassen, wenn sie für Verurtheilung oder Belastung sprechen wollten.

Wer von diesen Jüngern zur Entlastung des Angeklagten gesprochen, ward für diesen Tag durch einen Sitz auf der Richterbank ausgezeichnet; und wenn seine Gründe scharfsinnig und überzeugend waren, so behielt er die Ehre des Sitzes auf der Richterbank während der ganzen Dauer der Verhandlung, jedoch noch ohne Stimmrecht.

Es sollte eine Ermuthigung hierdurch gegeben werden, daß die Jünger sich die größte Mühe geben, nach allen Momenten zu spüren, welche eine Minderung der Schuld oder die völlige Schuldlosigkeit des Angeklagten herzustellen vermöchten, damit auch diese alle bei Fällung des Urtheils ihr Gewicht in die Wagschale legten.

Ergab sich bei der Berathung und Meinungsäußerung eine Mehrheit für völlige Lossprechung oder wenigstens für bedeutende Milderung der Schuld, so ward das Endergebniß ohne besondre Abstimmung alsbald dem Angeklagten vom Vorsitzenden eröffnet, und ward er je nach Ausfall des Urtheils entweder freigelassen, oder die erkannte geringere Strafe an ihm vollzogen.

Hatte die Berathung aber eine Mehrheit für Verurtheilung zum Tode ergeben, so ward die Berathung am anderen Tage erneuert, und dann zur Abstimmung geschritten. Inzwischen sollten die Richter während der Nacht gruppenweise die Sache unter sich besprechen, wenig Speise genießen und keinen Wein trinken.

Wenn im Laufe der Berathung ein Mitglied erklärte, kein sicheres Urtheil abgeben zu können, und sich der Meinungs=äußerung enthielt, so mußte alsbald, selbst wenn die anderen zwei und zwanzig für Freisprechung oder Verurtheilung überein=stimmten, der Gerichtshof aus den Rechtsjüngern um zwei Mit=glieder ergänzt, und die Berathung von Neuem aufgenommen werden. Und wenn in dieser erneuerten Berathung der Fall wiederum vorkam, daß ein Mitglied sich der Meinungsäußerung enthielt, so wurden Statt desselben wiederum zwei neue Mit=glieder aus den Rechtsjüngern einberufen.

Diese Ergänzung des Gerichtshofes, wenn derselbe Fall der Enthaltung der Meinungsäußerung sich wiederholte, mußte jedes=mal von Neuem eintreten, und die Berathung erneuert werden; und konnte der Gerichtshof durch fortgesetzte Ergänzungen bis auf die Zahl von ein und siebzig Richter vergrößert werden. Diejenigen, welche sich der Meinungsäußerung enthalten hatten, waren in dieser Sache nicht mehr Mitglieder des Gerichtshofs.

Bei jeder so erneuerten Berathung konnten die Mitglieder, welche in der früheren Berathung zur Entlastung gesprochen hatten, nach genauerer Abwägung der Gründe für und wider, die im Laufe der früheren Berathung vorgebracht worden waren, für Verurtheilung sprechen. Denn die frühere Berathung galt als nichtig durch die Enthaltung der Meinungsäußerung.

Der Grund der Nichtigkeit im Falle solcher Enthaltung war, daß kein Richter die Verantwortlichkeit eines freisprechenden oder verurtheilenden Votums von sich auf die Gewissen der übrigen Richter wälzen könne.

V.

Abstimmung.

Aus demselben Grunde mußten, wenn ein Mitglied des Gerichtshofes sich der Abstimmung enthielt, ebenfalls Statt seiner zwei neue Mitglieder aus den Rechtsjüngern einberufen, und die Berathung von Neuem aufgenommen werden; und so bei jeder wiederholten Stimmenthaltung.

Eine Vermehrung des Gerichtshofes mußte aber außerdem noch eintreten, wenn sich Stimmengleichheit oder die Mehrheit Einer Stimme für Verurtheilung ergab. Dagegen war Eine Stimme Mehrheit für Freisprechung genügend.

Denn man ging von dem Grundsatze aus, daß in jenen beiden Fällen die Berathung nicht tief eindringend genug gewesen sein könne, und zur Verurtheilung eine entschiedene Mehrheit gehöre, also mindestens um zwei.

Auch diese Vermehrungen des Gerichtshofes in Folge solcher Abstimmungsergebnisse mußten so oft eintreten, als Stimmen=

glcichheit oder das Mehr Einer Stimme für Verurtheilung erfolgt war.

Wenn auf diese Weise durch fortgesetzte Vermehrung der
Gerichtshof endlich die Zahl von ein und siebzig Richtern erreicht hatte, und es zeigte sich abermals Stimmengleichheit oder
die Verurtheilung durch die Mehrheit Einer Stimme: so besprach
und erörterte man die Gründe weiter, bis Ein Mitglied oder
mehrere, durch die Gründe der anderen Richter überzeugt
waren, so daß sich ein anderes Stimmenverhältniß herausstellte,
mochte es nun die Freisprechung oder die Verurtheilung zur
Folge haben.

Konnte ein solches Ergebniß nicht erzielt werden, daß entweder Eine Stimme Mehrheit für Freisprechung, oder zwei
Stimmen Mehrheit mindestens für Verurtheilung waren: so
erklärte der Vorsitzende den Fall für zu schwierig, und
in Folge dessen den Angeklagten für freigesprochen.

————

VI.

————

Revision des Urtheils.

————

Die Vorschriften über die Zusammensetzung des Gerichtshofes, die Beschränkung des Beweises auf die Aussage mindestens
zweier unbescholtenen Zeugen mit allen die Beweiskraft derselben
einengenden Vorschriften, die Normen bei Berathung und Abstimmung gaben zwar dem schuldlos Angeklagten viele Garantieen
gegen eine irrthümliche Verurtheilung. Allein wie gering hier-

nach auch die Wahrscheinlichkeit einer irrthümlichen Verurtheilung war, die Möglichkeit blieb immer vorhanden, daß das Gericht irre geleitet ward, und daß die Schuldlosigkeit des Verurtheilten sich später erst herausstellte.

Es entspricht aber offenbar der Idee der Gerechtigkeit, daß Gelegenheit gegeben werde, die ausgesprochene Verurtheilung vor deren Vollstreckung zu prüfen, und etwaige neue Thatsachen und Gründe der Schuldlosigkeit zu erwägen.

Die Heiligkeit des Gerichtshofes und das Vertrauen in seine Urtheile wird oft mit Unrecht darin gesucht, daß man jede Kritik des gefällten Spruches verbietet, daß das gesprochene Urtheil in allen Fällen als unantastbar erklärt wird. Die Unzulänglichkeit des menschlichen Wissens ist nur dann ein Vorwurf für den Gerichtshof, wenn dessen Aussprüche für unumstößlich gelten sollen; wenn er nicht die Befugniß oder die Pflicht hat, in den höchsten Angelegenheiten, Leben, Ruf und Ehre des Mitmenschen Instanzen in Erwägung zu ziehen, welche die Irrigkeit eines ver= urtheilenden Erkenntnisses erweisen könnten. Wie tief sinkt das Ansehen der Rechtspflege und das öffentliche Vertrauen in dieselbe, wenn nach vollstreckter Strafe die Unschuld des Verur= theilten an den Tag kommt, wenn es Jahre und Jahrzehnte bedarf, um nach vielfach vergeblichen Bemühungen und Aus= führungen mindestens die Ehre des Verurtheilten und seiner Familie wieder herzustellen!

Die Möglichkeit einer Revision des verurtheilenden Erkenntnisses noch vor Vollstreckung der Strafe ist daher eine gebieterische Forderung der Gerechtigkeit.

Die Revision des verurtheilenden Erkenntnisses war daher nach dem jüdischen Strafrechte geboten, wenn einer der Richter oder der Angeklagte oder sogar ein Privatmann er=

klärte, neue Umstände, Thatsachen oder Gründe vorbringen zu können, welche, wenn in Erwägung gezogen, eine Rücknahme des Urtheils begründen würden. Hingegen durfte bei einem freisprechenden Erkenntnisse keine Revision stattfinden.

Die jüdische Rechtslehre begründet die Pflicht der Revision eines verurtheilenden Erkenntnisses beim Auftauchen neuer Entlastungsgründe, und die Unzulässigkeit der Revision eines freisprechenden Erkenntnisses mit dem Gebote der Schrift (2. B. M. 23, 7): „Den Schuldlosen und Gerechten sollst du nicht tödten, denn ich werde nicht zum Gerechten machen den Schuldigen". Den Schuldlosen sollst du nicht tödten, d. h. du darfst Denjenigen, welchen das Gericht verurtheilt hat, die Strafe nicht erleiden lassen, wenn hinreichende Gründe zu seiner Entlastung noch vorgebracht werden; du darfst ihnen selbst nach gefälltem Urtheil das Gehör nicht versagen, und die Erwägung derselben nicht verweigern, aus denen sich die Unschuld des Verurtheilten oder die Gewißheit ergeben könnte, daß das erste Urtheil ein mehr oder weniger unrichtiges gewesen; du würdest dich dadurch des Mordes an einem Unschuldigen, des Mordes unter den heiligsten Formen, des Justizmordes schuldig machen.

„Den Gerechten sollst du nicht tödten", d. h. wer vom Gericht in der betreffenden Sache für gerecht befunden, freigesprochen worden ist, gegen den darfst du in derselben Sache das Verfahren nicht erneuern, auf neue Gründe und Umstände gestützt, welche seine Schuld beweisen.

„Denn ich werde nicht zum Gerechten machen den Schuldigen", d. h. wenn auch der wirklich Schuldige nach den vorgelegten Verhältnissen und Beweisen vom Gerichte für gerecht befunden wurde, und der menschlichen Strafe entgeht; die göttliche

Vergeltung wird ihn nicht verfehlen; Gott wird den wirklich Schuldigen nicht zum Gerechten machen.

Diesen Vorschriften zufolge blieb nach gefälltem verurtheilenden Erkenntnisse der Gerichtshof permanent, damit, wenn eines der Gerichtsmitglieder oder der Rechtsjünger oder irgend Wer neue Momente gegen die geschehene Verurtheilung vorzubringen hätte, dieselben alsbald in Erwägung gezogen würden.

Zu diesem Behufe war an der Thüre des Gerichtshofes ein Gerichtsdiener aufgestellt, welcher durch Schwingen einer Fahne das Zeichen zu geben hatte, den auf dem Wege zum Richtplatze oder schon auf dem Richtplatze befindlichen Verurtheilten vom Richtplatze, welcher in größerer Entfernung außerhalb der Stadt war, wieder vor Gericht zu führen.

Ein zweiter Gerichtsbote war zu Pferde auf dem Wege aufgestellt, um auf das mit der Fahne gegebene Zeichen schnell weiter zu sprengen und den Befehl zu überbringen, den Verurtheilten wieder vor den Gerichtshof zu bringen.

Damit das Publikum Kenntniß von den Gründen der Verurtheilung erhalte, und Gelegenheit gewinne, etwaige neue Thatsachen zur Entlastung mittheilen zu können; mußte ein Herold den Verurtheilten nach dem Richtplatze begleiten und vor ihm ausrufen: „N. N. wird zum Tode geführt, weil er in dem ge„nannten Jahrsiebent, in jenem Jahre, Monate, Monatstag, „Wochentag, zu der genannten Stunde an dem bezeichneten Orte „jenes Verbrechen begangen hat. X. X. und P. P. haben dies „Zeugniß gegen ihn abgelegt. Wer Etwas zu seiner Entlastung „weiß, soll es dem Gerichte mittheilen."

So konnten sich unter dem Publikum vielleicht Leute finden, welche nachwiesen, daß entweder der Verurtheilte oder die genannten Zeugen oder auch nur Einer derselben in der ange-

gebenen Zeit gar nicht am Orte der That gewesen seien, wo=
durch die ganze frühere Zeugenaussage zu Boden fiel, wenn jene
Aussage sich erwahrte (vgl. den oben von **Dr.** John angege=
benen Fall).

Das Gericht zog die gegen die Verurtheilung neu vorge=
brachten Gründe in Erwägung, prüfte sie, und Falls sie sich be=
stätigten, ward das verurtheilende Erkenntniß aufgehoben.

Selbst wenn der Verurtheilte schon auf dem Richtplatze war
und erklärte, er könne neue entlastende Gründe oder Thatsachen
vorbringen, ward er wieder vor den Gerichtshof geführt. Waren
diese Gründe vom Gerichtshofe nach geschehener Prüfung nicht
für genügend befunden zur Aufhebung des Urtheils, und der
Verurtheilte, wieder nach dem Richtplatze geführt, verlangte aber=
mals, auf andere Gründe gestützt, nochmals vom Gerichtshofe
gehört zu werden, so mußte auch dies zweite Mal seinem Ver=
langen entsprochen werden. Wenn auch diese Gründe nach Er=
wägung derselben keine Aenderung des Urtheils hatten bewirken
können, so konnte dem etwaigen wiederholten Verlangen des Ver=
urtheilten, zum dritten Male vor den Gerichtshof geführt zu
werden, um neue Entlastungsgründe vorzutragen, nur dann ent=
sprochen werden,. wenn zwei ihm zur Begleitung mitgegebene
Rechtsgelehrte die neuen Entlastungsgründe für bedeutend genug
hielten, um eine Aenderung des Urtheils als möglich erscheinen
zu lassen.

Daß das Gutachten der begleitenden Rechtsgelehrten erst nach
zweimaliger vergeblicher Zurückführung des Verurtheilten vor den
Gerichtshof erforderlich war, wurde damit begründet, daß man
dem Verurtheilten Zeit lasse müsse, um sich auf die triftigen und
erheblichen Gründe zu besinnen, weil derselbe die beiden ersten
Male beim Wiedererscheinen vor dem Gerichtshofe nach der Ver=

urtheilung, in der Aufregung gerade die triftigsten Gründe an=
zugeben unterlassen, und leicht nur Unerhebliches vorbringen
möchte, während nach zweimaliger fruchtloser Zurückführung er
sich unterdessen auf die wirklich erheblichen Gründe besinnen
konnte, wenn er deren anzuführen hatte.

VII.

Folgerungen aus diesem Strafverfahren zur Beur= theilung über die Rechtmäßigkeit der Todesstrafe nach unseren heutigen Verhältnissen.

Das im Obigen dargestellte Strafverfahren ist schon als
culturgeschichtliches Denkmal merkwürdig. Es zeigt uns, wie bei
noch kräftig pulsirendem Volksleben, auf dem Grunde der Bibel
unter dem Einfluß der öffentlichen Meinung die Rechtsidee und
deren Verwirklichung in ihren Folgerungen sich entwickelte.

Denn daß es nicht die Einfälle eines geistreichen Kopfes
sind (obwohl sie auch als solche merkwürdig genug wären, und
einen Schluß gestatteten auf das Volk und die gesellschaftlichen
Verhältnisse und sittlichen Zustände, aus welchen ein Mann her=
vorgegangen, der dies System erdacht hätte), ist ebenso ersichtlich,
als daß dieses System nicht auf Einmal fertig erstanden, sondern
vielmehr das Ergebniß einer langen Entwicklung, das Ergebniß
der Culturarbeit eines Volkes ist.

Man zog immer mehr, je nachdem das äußere Bedürfniß
Lücken entdecken ließ, oder das Nachdenken Mängel und Ab=

weichungen von der Rechtsidee zeigte, die Folgerungen des Systems. Theorie und Praxis förderten die Entwickelung.

Aber der Gegenstand ist von weit höherer als blos cultur= geschichtlicher Bedeutung; er ist von großer praktischer Tragweite. Es mögen nämlich diesem Rechtsverfahren vielleicht Einwürfe gemacht werden können in Betreff der praktischen Folgen in Ver= hinderung der Verbrechen; es mögen begründete Zweifel erhoben werden, ob in unseren Gesellschaftsverhältnissen sich dasselbe streng durchführen lasse. Aber Das ist von minderer Wichtigkeit; ein Aufpfropfen fremden Rechts ist ohnehin schon eine Unnatur, und dem Rechtsbewußtsein und somit der sittlichen Entwickelung eines Volkes nicht förderlich; obgleich wenn denn doch ein frem= des Recht aufgepfropft werden mußte, die Einführung obigen Rechtssystems sicher einen wohlthätigeren Einfluß auf die Cultur des Abendlandes ausgeübt hätte, als die Einführung des römi= schen Rechtes. Das Mittelalter mit seinen sogenannten Gottes= urtheilen, mit seinen Hexenverbrennungen, Folterqualen und in erfinderischer Grausamkeit ersonnenen Marterwerkzeugen, die bis in das vorige Jahrhundert noch ausgesprochenen gerichtlichen Strafen des Abschneidens der Nase, Zunge, der Ohren u. s. w.; Alles das, was den Menschenfreund erröthen macht, wäre der Menschheit erspart worden, nicht minder die in Folge dessen ein= getretene Verwilderung des Sinnes, so daß fast jedes Mitleid erstickt war, und man Hunderte von Menschenleben mit viel kälterem Blute opferte, als das Leben seines Viehes.

Wie vielfach man auch die Bibel und ihre Gebote zum Maß= stab der jeweiligen öffentlichen und privaten Rechtsverhältnisse genommen, meist geschah es mit dem Streben, nicht das Unvoll= kommene in den heimischen Einrichtungen und Verhältnissen zu verbessern, sondern das Bestehende um jeden Preis zu recht=

fertigen. Und hier liegt die Bedeutung unseres Gegenstandes.

Man war in diesen Vertheidigungen des Bestehenden durch die Bibel meist sehr unglücklich. Denn was sollte die Bibel nicht Alles beweisen? welche Unbilden von der heiligen Schrift nicht geheiligt sein?

Die heilige Schrift, welche den Menschen ein Ebenbild Gottes nennt, nicht die Einen aus dem Kopfe Brama's, die Andern aus dessen Armen, die Letzten aus dem Staub seiner Füße geschaffen, also nicht die Einen geschaffen zum Reiten und Treten, die Anderen, um geritten und getreten zu werden, sondern alle Menschen als zu gleicher sittlicher und geistiger Ausbildung, zu gleichen Pflichten und Rechten berufen erklärt [10] — sie sollte ein Gebot der unbedingten und unbeschränkten Fürstenmacht enthalten; sie sollte die Trennung der Gesellschaft in Stände mit Vorrechten Weniger zum Nachtheil der Mehrheit und des Ganzen enthalten.

Die heilige Schrift, welche in folgerichtiger Ausführung der Lehre von den gleichen Pflichten und Rechten Aller nicht nur die einzelnen Menschen zur Liebe und Hilfeleistung verpflichtet, und Denjenigen einen Gottesläugner nennt, welcher Liebe und Wohlthätigkeit thatsächlich verläugnet, sondern welche auch die Gesellschaft für verbunden erklärt, durch staatliche und gesell=

---

[10] So heißt es Mischna Sanhedrin 4, 3: „Aus der Schöpfung eines Menschen, von welchem alle anderen abstammen, kannst du lernen, daß wer Einen Menschen tödtet, so schuldig ist, als ob er eine ganze Menschheit mordete; wer Ein Menschenleben erhält, so verdienstlich ist, als ob er eine ganze Menschheit erhielte: ferner, daß nicht Einer berechtigt ist zu sagen, seine Ahnen seien vornehmer, als die andrer Menschen; in ihnen fließe edleres Blut: und daß man nicht zu dem Glauben komme, die tugendhaften Menschen seien Geschöpfe des guten Gottes, die sündhaften aber des bösen Gottes; Ein Gott hat sie alle geschaffen, und Jeder ist verantwortlich für sein Thun.

schaftliche Einrichtungen dem Verarmten und Hilfsbedürftigen bei=
zustehen, daß er wieder zu Besitz und genügendem Auskommen
gelange (3. B. M. 25; 5. B. M. 15); welche für den Armen
statt des bemüthigenden Mitleids die Anerkennung seines
Rechtes auf ungehemmte Entfaltung seiner Kräfte und auf
einen entsprechenden Lohn der Arbeit und Genuß der Lebens=
güter verlangt, [10a] sie sollte es begründen, daß man das Recht
auf selbständigen genügenden Erwerb durch jahrelanges Warten
auf den Tod so vieler Vormänner, (wie nach den Zunft= und
Innungseinrichtungen) erst erringe. Die heilige Schrift, welche
in derselben Folgerichtigkeit die bestehende Sklaverei in einen
sechsjährigen Miethdienst umwandelte, welche verbietet, selbst den
heidnischen Sklaven eines Israeliten, von dem er entflohen, seinem
Herrn wieder auszuliefern, sie ward für Vertheidigung der Skla=
verei und der Leibeigenschaft mißbraucht, zur Vertheidigung des
Zwanges zur Auslieferung flüchtiger Sklaven.

Und in gleicher Weise hat man sich auf die Bibel berufen,
als ob dieselbe die Aufhebung der Todesstrafe verbiete.

Von diesem Gesichtspunkte gewinnt unser Gegenstand eine
erhöhte Bedeutung. Wir sehen hier ein Gemeinwesen, welches

[10a] Die Schrift bezeichnet daher „Wohlthätigkeit" mit dem Worte,
welches eigentlich „Gerechtigkeit" (Zedaka) bedeutet, was die griechische Bibel=
übersetzung mit Eleemosyne (Barmherzigkeit, Wohlthätigkeit, Almosen) wieder=
gibt. Die Menschenliebe wird somit als eine Forderung der Gerechtig=
keit, als ein Anerkennen der grundsätzlich gleichen Ansprüche des Neben=
menschen dargestellt. Der Arme hat vermöge der grundsätzlichen Gleichberech=
tigung ein Anrecht auf deine und der Gesellschaft Liebe und Beistand. Die
Menschenliebe, selbst in ihrem höchsten Maße, ist nur die Erfüllung einer
Pflicht der Gerechtigkeit. Daher auch Hillel (30 v. Chr.) das Gebot „liebe
deinen Nächsten wie dich selbst" (3. B. M. 19, 18) einem Heiden dahin er=
läutert: „Was du nicht willst, daß man dir thue, das thue deinem Nächsten
nicht;" du willst nicht, daß man eintretenden Falles in deinen Leiden, deiner
Noth dich hilflos und theilnahmlos lasse; also thue auch deinem Nächsten nicht.

grundsätzlich von der heiligen Schrift als Grundlage alles privaten und öffentlichen Rechts ausging, in seiner Rechtsgesetzgebung sich praktisch das biblische Gebot deuten.

Und diese Deutung, als historisch in Geltung gewesenes Recht, darf gegenüber dem Beharren auf dem Buchstaben eine höhere Geltung beanspruchen, weil sie aus dem Volksleben und der nationalen Entwicklung hervorgegangen, gleichwie die aus dem ureigenen Geist eines Volkes hervorgegangenen Rechtsgewohnheiten nur im Volke selbst und in der vom Volke geübten Anwendung ihre richtige Deutung finden.

Man war sich bewußt, den Geist und Zusammenhang des Schriftwortes so am besten und gewissenhaftesten zu erfüllen, wenn man in den Schriftworten „Wer Menschenblut vergießt, deß Blut soll durch Menschen vergossen werden; denn im Ebenbilde Gottes schuf er den Menschen" (1. B. M. 9, 5. 6) den Nachdruck nicht darin gefunden, daß der Mord mit dem Tode bestraft werden sollte, sondern darin, daß die Schrift erklärt, das Leben jedes Menschen, als Ebenbildes Gottes, sei heilig, der Mord werde demgemäß von Gott geahndet, und die menschliche Gesellschaft habe ebenso die Verpflichtung, den Mord auf's Strengste und Wirksamste zu **bestrafen.**

Für eine Gesellschaft in den ersten Anfängen einer Cultur — wir müssen uns erinnern, daß das Gebot an die Noachiden gerichtet ist —, lag ein bedeutender Fortschritt in der Anerkennung, daß die menschliche Gesellschaft verpflichtet ist, das Herrschen der rohen Gewalt durch die Macht des Gesetzes zu unterdrücken, das Leben auch des Schwachen gegenüber den Gewaltigen als unverletzlich zu erklären, und die Verletzung und Beraubung des Lebens eines Jeden auf das Ernsteste zu ahnden.

Welche wirkſamen Strafmittel gab es aber in ſolchen Fällen, als die Todesſtrafe? Wir verfallen nur zu häufig in den Fehler, wenn wir über uralte Zeiten urtheilen, daß wir da unſere ausgebildeten und verwickelten Staatseinrichtungen und Geſellſchaftszuſtände im Auge haben.

Iſt es nicht natürlich, daß in dem Augenblick, wo die Geſellſchaft den Mord nicht mehr als ehrenhaft, ſondern als ein Verbrechen erkennt, und ſich ſelbſt zuerſt von der Pflicht überzeugt, den Mord zu beſtrafen, daß man da nicht ſogleich daran denkt, Zuchthäuſer zu bauen, ſondern daß man eben das raſcheſte und ſcheinbar wirkſamſte Strafmittel ergreift?

Iſt es geſtattet, hieraus ein Verbot herzuleiten, die Todesſtrafe jemals durch eine andere zu erſetzen? Wie hätte ſich denn die Schrift anders ausdrücken können, wenn ſie die Pflicht des Staates ausſprechen wollte, die wirkſamſte Strafe gegen den Mord anzuwenden?

Ein alter jüdiſcher Interpretationsgrundſatz lautet: „die heilige Schrift ſpricht in der den Menſchen verſtändlichen Redeweiſe“.[11] Wenn ſie daher ſpricht von den vier Enden der Erde, welche auf ihren Pfeilern ruhe, oder von dem wie eine Zeltdecke ausgeſpannten Himmel, oder von dem Sonnenball, der wie ein Held ſeine Bahn um die Erde durchläuft: ſo war man im jüdiſchen Alterthume weit entfernt, in ſolchen Ausdrücken Glaubensſätze zu erblicken, welche alſo von der Wiſſenſchaft nicht widerlegt werden könnten und dürften; man ſagte einfach: die heilige Schrift ſpricht in der den Menſchen verſtändlichen Redeweiſe.

---

[11] Talmud Maccoth 12 a, Kidduſchin 17 b u. v. a. St. In Sukka 5a wird ein Wort des R. Joſe angeführt, daß das Herabſteigen Gottes auf den Sinai ebenſo wenig buchſtäblich genommen werden dürfe, als das Aufſteigen Moſcheh's oder Elias gen Himmel.

Hätten die biblischen Schriftsteller von dem Luftraum, von dem im Weltraum frei schwebenden Erdball gesprochen; sie wären eben nicht verstanden worden. [12] Die Schrift wendet sich aber an den „Holzhauer und Wasserschöpfer so gut wie an Senatoren und Fürsten." Religion und Sittlichkeit will die Schrift lehren, sowie die erhabene Idee, daß Gott der allweise und allheilige Schöpfer, Leiter und Gesetzgeber in der Natur und im Menschenleben ist; und zu diesem Zwecke muß sie sich in der Allen verständlichen Redeweise ausdrücken.

Und ebenso mußte die Schrift sagen: „wer Menschenblut vergießt, dessen Blut soll durch Menschen wieder vergossen werden", wenn sie überhaupt dahin verstanden werden wollte, daß der Mord auf das Strengste und Wirksamste bestraft werden müsse. [13] Denn

---

[12] Bemerkenswerth ist, daß in den Propheten und Hagiographen sehr häufig neben der Beibehaltung der der poetischen und sinnlichen Anschauung entliehenen Ausdrücke doch auf die strenge Gesetzlichkeit in der Natur hingewiesen wird. Insbesondere aber zeigt Jesaja und das Buch Hiob, wie Alles in der Natur nach bestimmten Gesetzen, Maßen und Zahlen vor sich gehe, nichts durch Zufall oder Willkür, und „werden dort viele Fragen vorgelegt, welche unsre heutige Physik in wissenschaftlicheren Ausdrücken zu formuliren, aber nicht befriedigend zu lösen vermag". (Humboldt, Kosmos Bd. II S. 48.) Dort wird auch über die sinnliche Anschauung hinausgegangen, z. B. „er spannt den Norden aus über dem Leeren, hängt die Erde an Nichts" (Hiob 28, 7). Vgl. auch die großartige Anschauung der Gesetzmäßigkeit in der Natur im Cap. 38, 39, sowie Jesaja 40 u. a. St., oder Hiob 28, 25: „er gab dem Winde Gewicht, bestimmte das Wasser mit dem Maße, gab dem Regen sein Gesetz, dem Blitzstrahl seinen Weg".

[13] Es darf außerdem daran erinnert werden, daß in der Bibel gemäß jener plastisch sinnlichen, das Allgemeine in einzelnen Beispielen veranschaulichenden Redeweise die Worte „Tod und Sterben" häufig für „Strafe, Unglück" gebraucht werden. Eine der prägnantesten Stellen ist 5. B. M. 30, 15: „Siehe, ich lege dir heute vor das Leben und das Gute, den Tod und das Böse", oder die bereits oben angeführte Stelle 2. B. M. 24, 16: „Die Väter sollen nicht um der Kinder willen getödtet werden, und die Kinder nicht um ihrer Väter willen; Jeder soll für seine eigene Sünde getödtet

andere Strafmittel für dieses und andere ähnliche schwere Ver=
brechen gab es nicht. In einer Zeit, wo man sich selbst mit
Zelten und Hütten begnügt, wo zum Theil ein wanderndes No=
madenleben geführt wird (wie noch bei den Israeliten im ost=
jordanischen Palästina und in den Triften von Efrajim und Juda)
wird man doch nicht auf den Einfall kommen, Zuchthäuser zu
bauen. Es war daher das Gebot der schweren Bestrafung des
Mordes nur in dieser sinnlich greifbaren Ausdrucksweise allein
verständlich.

Denn die Alten drückten sich überhaupt mehr in plastischer,
sinnlich anschaulicher Weise aus, als begriffsmäßig; mehr den
Gedanken durch ein Beispiel darstellend, als in abstrakten allge=
meinen Begriffen. Und wie man hier den allgemeinen Ge=
danken der strengen Bestrafung des Mordes in jenem
Bibelworte erblickte; so las man auch zugleich die Mahnung
heraus, daß nur Derjenige, welcher zweifellos und
vollständig, so daß kein Irrthum obwaltet, des Mordes
überwiesen ist, getödtet werden soll. Den Zusatz „denn im Eben=
bilde Gottes hat er den Menschen erschaffen" betrachtete man
auch als eine Warnung für den Richter gegen Todesurtheile ohne
zwingende Beweise, auf bloße moralische Ueberzeugung oder In=
dicien gegründet. Weil der Mensch im Ebenbilde Gottes er=
schaffen ist; eben deßhalb muß der Staat durch das Gesetz die
sorgfältigsten Vorkehrungen treffen, um von den Gerichten und
der Staatsgesellschaft die Schmach unschuldig vergossenen Blutes
in den Formen des Rechts, fernzuhalten.

---

werden", aus welcher Stelle man auch das Verbot der Gütereinziehung der
Verbrecher folgerte, also das Wort „tödten" für „Strafen" im Allgemeinen
auffaßte.

Wie unendlich viel ist auf jenes Wort der Schrift, das die Bestrafung des Mordes befiehlt, gefrevelt worden! Die mittelalterliche Justiz, welche durch die härtesten Qualen und Foltern Tausenden von Schuldlosen Geständnisse erpreßte, und diese Unglücklichen auf ihr Geständniß mit dem Tode bestrafte, — berief sich auf die Bibel, welche die Todesstrafe gebiete.

Und wenn man, erfinderisch in grausamen Hinrichtungsarten, räderte und viertheilte — man berief sich auf die Bibel, welche die Todesstrafe gebiete.

Aber wohl hütete man sich, an jenes Gebot der Schrift zu erinnern, daß nur auf die Aussage zweier Zeugen wenigstens der des Todes Schuldige sterben solle; also nicht auf eigenes Geständniß, und am wenigsten auf Geständniß, durch die Folter erzwungen, und dazu war dieser Zeugenbeweis noch äußerst eingeschränkt.

Sorgfältig vermied man es, an jenes Gebot der Schrift zu erinnern, welches befiehlt, die Zeugen gehörig zu erforschen, damit sie möglicher Weise eines falschen Zeugnisses überwiesen werden könnten.

Mit der äußersten Sorgfalt vermied man an die biblische Vorschrift zu erinnern, daß das Verfahren öffentlich, die Namen der Zeugen und deren Aussagen bekannt gemacht werden müßten.

Vielmehr verhehlte man oft Zeugen und Angeber, ja selbst den Gegenstand der Beschuldigung den zu folternden Unglücklichen, hetzte Väter gegen Kinder, Kinder gegen Eltern, Gattin gegen Gatten, um einander anzugeben, welche nach der Schrift sämmtlich unfähig waren, Zeugniß abzulegen.

Und da beklagt man sich noch, nach solchem Mißbrauch der Schrift zu dem verwerflichsten Thun, daß die Bibel und die Religion in Mißachtung komme, nachdem Solches in ihrem Namen und auf ihre Autorität geübt und gelehrt worden. Mit der größten Behutsamkeit vermied man, an das Gebot der Schrift zu erinnern „liebe deinen Nächsten wie dich selbst" (3. B. M. 19, 18), aus welchem Gebote die jüdische Rechtslehre folgerte, daß der Staat selbst an dem verurtheilten Verbrecher Nächsten= liebe üben müsse, und daher keine grausame und entstellende Hin= richtungsart anwenden dürfe, sondern eine möglichst rasche und schmerzlose. [14]

Und da wir nun durch die humanen Bestrebungen seit der zweiten Hälfte des vorigen Jahrhunderts, durch die hervorragende Wirksamkeit Friedrichs II. von Preußen, Carl Friedrichs von Baden, Kaiser Josefs, welcher sogar die Todesstrafe aufhob, sowie durch die rühmlichen Bestrebungen anderer trefflichen deutschen Fürsten und deren Gesetzgebungen, und durch die Rückwirkung der französischen Revolution zur Ehre der Menschheit dahin ge= langt sind, das Mittelalter in Staats= und Rechtseinrichtungen großentheils überwunden zu haben; ist es ebenso ungeeignet, sich auf den aus dem ganzen Zusammenhang der Rechtsverhältnisse und Rechtsregeln gerissenen Buchstaben der Schrift zu berufen, um die Todesstrafe als Pflicht darzustellen, ohne ebenfalls die Beweismittel ebenso einzuschränken, und Leben und Ehre des un= schuldig Angeklagten ebenso zu sichern, wie die Bibel es thut,

---

[14] Wenn daher die Schrift auf Blutschande den Tod durch Verbrennung setzt, so errichtete man nicht Scheiterhaufen, um langsam und qualvoll die Schuldigen zu Tode zu martern, sondern der Tod sollte in Einem Augenblick durch Einwerfen eines glühenden Metallfadens in den Mund erfolgen, so daß augenblicklich Athem und Blutumlauf stockt; und so sollte der Tod des Steinigens durch Herabwerfen des Verurtheilten von einer zwei Stock hohen Bühne erfolgen. Denn „liebe deinen Nächsten, wie dich selbst", d. h. wähle ihm eine möglichst schmerzlose und nicht entstellende Hinrichtungsart. Auch der Verbrecher ist dein Nächster. Talmud Sanhedrin 45 und 52.

und im Geiste derselben die spätere Rechtsentwickelung es fort-
setzte, so daß faktisch die Todesstrafe aufhörte.

Man hatte mit vollem Bewußtsein des Erfolges die Todesstrafe fast unmöglich gemacht. Mochte ein Tyrann wie Alexander
Jannäus mit seinen arabischen Soldtruppen das Volk morden
lassen; er entging nicht dem Namen Doker (Mörder), welchen
das Volk ihm gab. Mochte Herodes, feig und sklavisch nach
Außen, blutdürstig im Innern sein Volk, wie seine Gattin und
Kinder abschlachten lassen; das Volk nannte ihn einen ibumäi-
schen Sklaven; und der Abscheu des Volkes gegen Bluturtheile
mußte dadurch nur immer mehr wachsen; und wir verstehen, wie
das Volk denjenigen Gerichtshof ein Blutgericht nannte, welcher
in sieben Jahren Ein Todesurtheil gefällt hatte.

Sicher ist, daß auch Christus, als er in Bezug auf die Ehe-
brecherin sprach: „wer von Euch ohne Sünde ist, werfe den ersten
Stein auf sie“, sich grundsätzlich gegen die Todesstrafe ausgesprochen.

Wenn man nicht mit voreingenommenem Sinne, unter dem
Einflusse der seit Jahrtausenden angewendeten Todesstrafe diese
Stelle betrachtet hätte, so hätte ein Jeder ohne Zweifel in diesem
Wort eine Erklärung gegen die Todesstrafe erkannt. Nach
den dargestellten geschichtlichen und rechtlichen Verhältnissen ist es
auch gar nicht denkbar, daß er in diesen Dingen hinter die Entwickelung seiner Zeit zurückgegangen sein sollte. Und jedenfalls
zeigt der andere Ausspruch: „wer eines Anderen Weib ansieht,
daß er ihrer begehret, hat die Ehe gebrochen“, daß er deßhalb
die Todesstrafe gegen den vollzogenen Ehebruch mißbilligt,
also überhaupt gegen die Todesstrafe sich erklärt. Denn beide
Aussprüche, indem sie die Schuldbarkeit der sündlichen Begierden
und Gedanken erhöhen wollen, haben anderseits die Absicht, zu

einer milderen Beurtheilung der Todsünden zu führen, welche nur dem Grade, nicht dem Wesen nach von jenen verschieden seien. Jedenfalls wollte er nicht, daß der Ehebruch ganz straflos sein solle.

Daß ebenso wenig der Apostel Paulus mit den Worten „die Obrigkeit trägt das Schwert nicht umsonst", ein Verbot der Aufhebung der Todesstrafe oder auch nur eine Billigung der Todesstrafe beabsichtigte, ist an sich klar. Denn wenn die Staats=gewalt auch manchmal in die Lage kommt, Recht und Gesetz durch die bewaffnete Macht aufrecht zu erhalten, so hält sie sich deß=wegen doch nicht für befugt, jeden Widersetzlichen mit dem Tode zu bestrafen.

Aber der entscheidende Grund für Aufhebung der Todesstrafe ist der, daß es eine Strafe ist, welche, wenn irrthüm=lich verhängt und vollzogen, nicht mehr rückgängig gemacht werden kann. Und dies berücksichtigt auch die Schrift und die auf ihr fußende Rechtsentwicklung.

Wenn die öffentlichen Geschworenengerichte auch unendlich viel voraus haben vor dem früheren geheimen Inquisitionsver=fahren mit ständigen, durch Erwartung oder durch Furcht vor Zurücksetzung von Oben abhängigen Richtern; so ist doch auch hier eine irrthümliche Verurtheilung Unschuldiger nicht unmöglich. Man braucht außer dem oben angeführten Fall nur an den Fall Lesuire zu erinnern.

Ja in der jüngst verflossenen Sitzung des englischen Unter=hauses, als in der Debatte über Aufhebung der Todesstrafe der Antragsteller behauptete, daß das Geschworenengericht in den letzten Gerichtssitzungen drei Unschuldige zum Tode verur=theilt habe, erwiederte der Minister des Innern, daß nur Einer der zum Tod Verurtheilten wirklich schuldlos und zwei derselben unzurechnungsfähig gewesen, daß aber alle drei von der Königin begnadigt worden.

Ist also schon in ruhigen Zeiten die irrthümliche Verurtheilung Unschuldiger auch jetzt noch ein öfter vorkommendes Uebel; so ist es insbesondere in bewegten Zeiten der religiösen, politischen oder nationalen Aufregung, wo auch die Geschworenen, oft unbewußt, unter dem Einfluß der herrschenden Zeitströmungen stehen, ganz unvermeidlich, daß solche Verurtheilungen Unschuldiger vorkommen.

Es ist demnach die dringendste Pflicht der Gesetzgebung, solchen irrthümlichen Verurtheilungen zum Tode, welche, da eine Revision des Urtheils vor Vollstreckung desselben nicht möglich ist, nicht mehr rückgängig gemacht werden können, einen starken Riegel vorzuschieben.

Und dies kann nur dadurch geschehen, daß die Todesstrafe überhaupt gesetzlich aufgehobe wird. Freiheit und Ehre läßt sich nach erkanntem Irrthume wieder zurückgeben, das geraubte Leben nimmermehr.

Die Geschichte gibt uns warnende Beispiele. Die zur Zeit Carls II. urtheilenden englischen Geschworenengerichte waren durch die Einbildung der Gefährdung des protestantischen Glaubens so geblendet, daß sie die augenscheinlichsten Lügen des nichtswürdigen Titus Oates und seiner Genossen gläubig aufnahmen, daß kein Katholik in England, selbst der als höchst tugendhaft und achtbar in seinem Leben bekannt war, vor der Jury seines Lebens sicher war, daß das Blut Unschuldiger in Strömen floß [15]. Denn in der Parteileidenschaft traut man dem Gegner selbst das Unwahrscheinlichste zu.

---

[15] Macaulay, Gesch. Englands übers. v. Beseler, I, 254 ff.

Die blutigen Affifen unter Jakob II., von Jeffreys geleitet, kennzeichnen sich schon durch diesen Namen, den ihnen das englische Volk gab. „Durch die Einschüchterung des Oberrichters warfen „die Geschworenen endlich alle Bedenklichkeiten ab, so daß kein „Wigh mehr seines Lebens sicher war vor den Geschworenen. „Jeffreys rühmte sich, mehr Hochverräther gehängt zu haben, als „alle seine Vorgänger seit sechshundert Jahren, seit der nor= „männischen Eroberung" [16].

Eine gleiche Erfahrung liefern die Urtheile der französischen Revolutionstribunale in den Jahren 1793—1794.

Es ist daher ein Verdienst, wodurch Lamartine seinem Namen ein unvergängliches Ruhmesdenkmal errichtet hat, daß er gerade in einer Zeit der fieberhaftesten Aufregung auf die edlen Regungen des Volkes wirkte, und die Todesstrafe wenigstens für politische Verbrechen aufgehoben, beziehungsweise die Aufhebung vorge= schlagen und durchgesetzt.

Erwäge man noch, daß selbst in gewöhnlichen Zeiten eine irrthümliche Verurtheilung der Geschworenengerichte, sofern nicht Formfehler eine Cassation rechtfertigen, nicht reformirt werden kann, daß eine Revision des Urtheils vor Vollstreckung desselben nach unseren gesetzlichen Einrichtungen fast eine Unmöglichkeit ist.

Soll also der Gefahr eines Justizmordes, und in aufgeregten Zeiten insbesondre der viel größeren und bringenderen Gefahr massenhafter Justizmorde, wo sehr häufig religiöse oder politische Parteileidenschaft das klare Recht und die gesunde Vernunft ver= dunkeln, für immer vorgebeugt werden; so ist die Aufhebung der Todesstrafe eine heilige, gebieterische Pflicht, eine Forderung der Religion und Sittlichkeit.

---

[16] Macaulay, Gesch. Englands übers. v. Beseler, II, 404.

Es ist nach allem Diesem im höchsten Grade ungerechtfertigt, wenn man mit Nichtbeachtung der Rechtsgarantieen, welche die Bibel und die auf ihr fußende Rechtsentwickelung dem Angeklagten bietet, als da sind die Art der Zusammensetzung des Gerichts, der Ausschluß jeder Beweiskraft von Indicien und Geständniß oder moralischer Ueberzeugung, das Erforderniß des streng juridischen, engbegrenzten Zeugenbeweises, die Bestimmungen über Berathung und Abstimmung, die Revision vor Vollstreckung des Urtheils — welche Momente zusammengenommen ein Todesurtheil fast unmöglich machten — wenn man sich auf ein aus dem ganzen Zusammenhange des Rechtsverfahrens herausgerissenes Gebot der Schrift beruft, um die Beibehaltung der Todesstrafe als Pflicht darstellen zu wollen.

Wer das im Obigen Dargestellte, auf der Grundlage der Bibel entwickelte Rechtsverfahren kennen gelernt, wird die Ueberzeugung nicht abweisen können, daß die Bibel, in ihrem wahren Geiste und im Zusammenhang aller bezüglichen Rechtsinstitutionen aufgefaßt, die Aufhebung der Todesstrafe nicht nur nicht verbietet, vielmehr die Beibehaltung derselben unter unsrem heutigen Strafverfahren, welches dem Irrthum und der Leidenschaft immer noch einigen Spielraum läßt, auf das Schärfste verurtheilt.

Die neuere Zeit, der man so vielfach Feindseligkeit gegen die Religion vorwirft, hat durch Aufhebung der Leibeigenschaft und Sklaverei, durch Aufhebung der Tortur und des geheimen Strafverfahrens, durch Einführung der Rechtsgleichheit aller Bürger, durch versuchte Lösung der Armen= und Arbeiterfrage, durch Sorge für Verbesserung der Gefängnisse, durch Einführung humaner Behandlung der Strafgefangenen, durch Sorge für erweiterte Volks=

bildung ganz im Geiste der Bibel gearbeitet, und für Religion und Sittlichkeit unendlich mehr geleistet, als früher in Jahrhunderten geschehen. Und sie wird auch noch d i e f e n Sieg der Sittlichkeit und Religion erringen, die Todesstrafe aus allen Gesetzbüchern der neueren Staaten auszumerzen, und auch hierin den Geist der Bibel, den Geist der Liebe, Wahrheit und Gerechtigkeit zur vollen Geltung bringen.